CHERCHEURS D'OR

POÉSIE

PAR E. BISSON

PARIS

TYPOGRAPHIE DE HENRI PLON,

IMPRIMEUR DE L'EMPEREUR,

RUE GARANCIÈRE, 8.

1857

CHERCHEURS D'OR

POÉSIE

Par E. BISSON

PARIS

TYPOGRAPHIE DE HENRI PLON,

IMPRIMEUR DE L'EMPEREUR,

RUE GARANCIÈRE, 8.

—

1857

CHERCHEURS D'OR.

Auri sacra fames.

I.

Où va donc cette foule? et quel sujet si grand
De ces hommes a fait le cortége émigrant?
Quelque fléau vient-il sévir dans leur demeure?
D'une migration ont-ils reconnu l'heure?
Le sol qui les nourrit refuse-t-il enfin
De leur donner toujours les trésors de son sein?
Erreur! Mais quel vertige ainsi donc les entraîne
A quitter leurs foyers pour la rive lointaine?
C'est, fut dit à celui qui venait sagement
De parler en ces mots, un triste aveuglement.
Ces déserteurs pensifs, au front pâle, aux yeux ternes,
Sont les croyants du jour, les pèlerins modernes;
Leur bourse a remplacé la gourde, et leur bourdon
Au système métrique a servi d'étalon :

Des apôtres du Christ ils n'ont pas les maximes;
Et des vendeurs du temple ils approuvent les crimes.
Tous vont aux saints pays, donnant de l'univers
L'unique spécimen des langages divers :
Leur dieu, c'est le veau d'or d'idolâtre mémoire.
Et les lieux révérés, théâtres de sa gloire,
Les palais de la rente, où trône l'action :
Et surtout, digne objet de leur dévotion,
Deux terres que son culte étroitement allie :
Sol californien et Nouvelle-Australie.

II

Voilà ce qu'on apprend sur l'émigration
Qui se produit ainsi dans chaque nation.
Et l'homme simple, honnête, en son bon cœur suppose
Que, pour quitter la terre où son père repose,
Le bienheureux séjour qui vit ses premiers jeux,
Il faut qu'un grand devoir le rende courageux;
Qu'un si brûlant désir de gagner des richesses
Ait pour but de combler chacun de ses largesses :
Ou, pour doter encor ses bien-aimés enfants,
Ils soient par leurs effets diserts, indépendants.

Car fut-il donc jamais de plus puissants topiques,
Et qui convinrent mieux aux misères publiques,
Que l'or distribué, toujours à pleines mains,
Au choix judicieux de cœurs vraiment humains?
Que d'immenses bienfaits! que ne peut l'alliance
De richesse et travail? Rempli de confiance,
Et déjà caressant le projet vaporeux
Que son esprit avait de faire des heureux,
Notre rêveur voulait s'enquérir du voyage
Et faire une folie. O bon et pauvre sage!
Lorsqu'un de ses amis par lui questionné
Ainsi parla du but trop ambitionné:
« Je sais dans ce pays deux mêmes infortunes
Qui durent leur naissance à des causes communes.
Deux hommes, dévorés par la fièvre de l'or,
Partirent espérant rapporter un trésor.
Leur vœu fut exaucé! mais d'une autre manière,
Que leur convoitise n'avait mise en lumière:
Ils eurent la sagesse, et Dieu, dans sa bonté,
Leur donna le trésor qu'ils n'avaient pas compté.
Le premier, de nature avare, insatiable,
Voulait bien s'enrichir : chose inconciliable;
Sans tracas il croyait le faire promptement:
Il sut partir aux frais de son gouvernement.

Le second, plus actif, intelligent, habile,
Riche, et dans ses foyers pouvant vivre tranquille,
Possédé du démon des spéculations,
Embarqua des produits pour plusieurs millions.

III

Après mêmes périls, même espoir, mêmes peines,
Nos deux chercheurs heureux un jour virent les plaines
De la terre aurifère, et bientôt dans le port
Écho redit l'accent de leur joyeux transport.
Et puis, après avoir traversé la flottille
Où chaque nation retrouve une escadrille,
Ils touchent au rivage objet de tous leurs vœux,
Et son aspect paraît souriant à leurs yeux.
Car peut-on se soustraire aux effets de mirages
Qui trompent les chercheurs venant dans ces parages,
Dans ces villes où luit le brillant minéral?
Non! l'homme est aveuglé, l'espoir est général.
Déception! De nous toute l'intelligence
A peine là procure une riche indigence:
Et le pourvu du jour, à la sordide main,
Se voit dépossédé le cruel lendemain!

La ressource des champs est encor chose infime,
Et d'un rapport d'argent toujours par trop minime
Pour qu'on veuille y songer. Oh, non! l'on sent le roc
Qui répond à l'outil dont il reçoit le choc;
Alors, rempli d'ardeur, l'on cherche la pépite;
La rêvant monstrueuse; heureux d'une petite!
Le sable aux reflets d'or est aussi précieux;
D'en ravir la richesse on est tout radieux.
Mais, si de vivres sains importés à grand'peines,
L'échange ne se fait; si les deux mains d'or pleines
Ne peuvent pas payer d'abondants aliments,
De la famine alors surgissent les tourments;
Et l'impuissant chercheur, la face hâve, creuse,
Regrette la patrie en blé si généreuse!

IV

Voilà ce que bravaient, sans vouloir y songer,
Ces hommes; l'avarice écartait le danger!
Le premier, sans argent, abandonna la ville
Pour se rendre aux placers; sachant le temps utile,
Il se mit en campagne, ayant en sa vigueur
Entière confiance et tout rempli d'ardeur;

Mais il avait compté sans le trop long voyage

Qui sépare la mine opposée au rivage:

Les dangers de la route, et que l'on fuit en vain,

Les marches, les jeûnes, le fleuve et le ravin:

Il put tout supporter : sa nature vaillante

De l'obstacle eut raison. Mais, déjà défaillante,

Sa force va manquer; l'homme est anéanti!

Soudain le bruit de l'or tout près a retenti!

Ce pouvoir souverain réveille alors son zèle;

La fortune est là-bas; il l'entend, elle appelle!

Il se sent attiré par l'aimant enchanteur;

De nouveau le voici doué de sa vigueur:

Il creuse sans relâche! Aux jours les jours succèdent;

A son désir l'espoir et le courage accèdent;

Enfin! il a trouvé! le filon plantureux

S'est découvert à lui. Riche, est-il donc heureux?

Non! car il veut revoir le lieu de sa naissance;

Y vivre désormais est sa douce espérance:

Il s'en revient au port, il va donc s'embarquer!

A sa décision, hélas! il va manquer!

L'ardent désir du gain n'est-il pas là qui guette

Le mineur emportant sa trompeuse conquête.

Une-maison de jeu, dont l'antre était béant,

Attire en son enfer le chercheur palpitant:

La fureur de jouer de son esprit s'empare ;
Il tente le destin ; vertigineux avare,
Tout frémissant d'envie, il risque son trésor.
La roulette lui double ! il veut tenter encor !
Mais cette fois le jeu, dans sa marche implacable,
D'un grand millionnaire a fait un misérable :
Et lui, voyant perdu le fruit de son labeur,
Est saisi, tout à coup, d'une étrange frayeur :
Il court droit à la mer, et fou, s'y précipite !
Un canot qui passait le recueille au plus vite ;
Rejoignant le vaisseau, qui déjà l'attendait,
Sauveur prédestiné que Dieu lui suscitait !

V

Ainsi fut délivré des pays du vertige
Cet homme inconséquent, et ce fut un prodige,
Car son avide esprit, dans cette occasion
Ayant pour le guider seule sa passion,
Sans aucun doute, eût bien résolu le contraire.
Il fût donc, à nouveau, parti fouiller la terre
Et deux fois faire ainsi son ample moisson d'or,
Si toutefois le Ciel lui eût permis encor !

Mais, laissons le premier que le vaisseau ramène
Réfléchir mûrement à l'avarice humaine;
Et de l'autre émigrant voyons quel fut le sort :
Arrivé dans la ville, il espérait, à tort,
Doubler en peu de jours son immense richesse;
Pour première infortune, et leçon de sagesse,
Il eut ses chargements avariés par la mer :
Ce mécompte ruineux fut un chagrin amer.
Adieu! rêves dorés, bénéfices multiples!
Des spéculations il blâme les disciples,
Et sera très-heureux si le tout remboursé
Il couvre seulement son premier déboursé!
Le produit qu'il retire a passé son attente;
D'un lucre, tout nouveau, l'âpre plaisir le tente.
Les placers éloignés vont devenir le but
De ses transactions, aventureux début
Sur lequel, cependant, sans réserve il espère.
Son audace a raison, sa fortune prospère!
Elle s'accroît au point qu'il n'en sait la grandeur;
A l'augmenter toujours il a mis son bonheur.
L'ambitieux sordide, aux désirs sans limite,
Que toujours le sommeil dans son esprit irrite;
Une nuit qu'il rêvait de trésors amassés
Qu'avec peine il tenait l'un sur l'autre entassés,

Est tout à coup troublé par des cris de détresse
Que l'éclat du tocsin accompagne sans cesse.
Il s'éveille à ce bruit, son oreille attentive
Cherche à le deviner; mais une lueur vive,
Qu'au travers de la vitre il vient d'apercevoir,
Lui montre le péril, lui dicte son devoir.
Il se lève aussitôt, accourt, se précipite
Au-devant du péril! Dans sa rage maudite,
Le terrible incendie a déjà dévoré
La moitié de la ville! O spectacle abhorré!
Que donne trop souvent la coutume hâtive
Qui laisse au feu sa part! Mais elle est trop active,
La ville impatiente aux utiles lenteurs,
Pour se faire ériger des bâtiments meilleurs.
Eh! qu'importe donc là le foyer, la famille?
La maison peut brûler si dans la main l'or brille!
On a des coffres forts, que trouve-t-on de mieux
Pour garder et sauver le métal précieux?
Oui! mais si d'aventure, et la chose est fréquente,
Le coffret est volé? La flamme plus ardente
Trompe dans sa fureur la prudence qui dort?
Alors c'est la ruine! ou plus encor, la mort!...
Un sort aussi cruel n'attendait pas notre homme;
Il put même sauver une assez forte somme;

Mais tout ce qu'il avait, matières et produit,
Marchandises, effets, à néant fut réduit !
Désastre fécondant ! réaction heureuse !
L'ardent spéculateur, à l'âme aventureuse,
Noya dans son dégoût cet amour décevant
Pour ces biens le jouet de la flamme et du vent.
Pour fuir ces lieux maudits il trouve un prompt navire :
A revoir son pays seulement il aspire !
L'autan brûlant qui souffle et rougit les monceaux
Restes de la cité est propice aux vaisseaux.
Il part !... est de retour !... l'on aperçoit la terre :
Mais au loin l'on entend retentir le tonnerre ;
La tempête s'avance et tout près est le port ;
La tourmente s'acharne et double son effort.
Coup du destin ! ce fut la mer, en sa furie,
Qui jeta l'émigré mourant dans sa patrie.
Il la revit ainsi, ce fut miraculeux ;
Car vaisseau, corps et biens, tout périt à ses yeux !

VI

Croyez-en, cher ami, cette triste aventure,
Reprit le narrateur, elle est bien de nature

A faire au moins cesser vos indécisions,

Et dériver le cours de vos réflexions.

Non pas que je ne veuille avec vous reconnaître

Le souverain pouvoir dont le riche est le maître

Pour faire quand il veut une bonne action :

Je connais des Crésus dont c'est l'ambition !

Même, je sais aussi que contre l'égoïsme,

Dont l'avarice est bien le hideux paroxysme,

Il est quelques humains qui se sont aguerris :

De la lèpre de l'or ont tous été guéris :

Là, bien plus, où le mal était épidémique :

Aux rives d'Australie, aux bords du Pacifique.

Il fut de très-grands cœurs et plus d'un homme bon,

Comme l'infortuné de Raousset-Boulbon,

Qui préféra toujours de plus nobles tendances

A l'aveugle fortune habile en inconstances;

Et qui, pour des bienfaits d'un ordre moins banal,

Négligea de chercher le précieux métal.

VII

Si pourtant plus heureux dans leurs recherches vaines,

Et si mieux profitant des doux fruits de leurs peines,

Les Tantale nouveaux, que je vous ai décrits,

Eussent pu conserver les immenses profits;

Car ils avaient pour eux de grandes aptitudes;

Chacun selon son goût, selon ses habitudes...

Mais vous, mon digne ami, soyez consciencieux,

Du commerce avez-vous le savoir précieux

Qui guida le second? avez-vous donc la force

Qui fut pour le premier ce qu'à l'arbre est l'écorce?

Non, et croyez-le bien, toujours contre le mal

Le physique n'a pas pour aide le moral.

Il est vrai que déjà tout a changé de formes,

Plusieurs ans ont passé, que d'heureuses réformes,

De la terre de l'or ont depuis, à bon gré,

Changé l'état naissant; et que tout émigré

Peut bien plus sûrement y compter ses richesses!

Les jeux sont abolis, ces foyers de détresses :

Des bâtiments nouveaux, solidement construits,

Ne peuvent par la flamme être aujourd'hui détruits.

Mais là seront longtemps les villes de l'affaire :

Et vous, savants, penseurs, qu'iriez-vous donc y faire?

Même d'agriculteurs l'utile bataillon

Vit à peine en creusant son fécondant sillon.

Attendez : ouvriers, artistes et poëtes,

Que votre règne arrive, et que les villes prêtes

Puissent vous recevoir! Mais ces temps ne viendront
Que lorsque de Sutter[1] les émules auront
Purgé de tout son or cette féconde terre;
Et que, déprécié, le produit aurifère
Se répandant partout, ne devienne plus bon
Qu'à remplacer pour nous notre commun billon.
Que l'aluminium, ou des métaux plus rares,
Viennent mieux contenter les sordides avares;
Alors, et seulement, ce sera l'avenir.
Et vous pourrez, ami, combler votre désir.

VIII.

Eh, pourquoi donc partir? votre âme généreuse,
Messagère de bien, toujours aventureuse,
N'a-t-elle pas déjà, pour nos concitoyens,
Avec votre science agrandi les moyens
Qu'ils ont de s'enrichir? de par votre industrie
Forcé les lingots d'or à trouver la patrie?
Et ce que les chercheurs de peines ont payé
N'est-il donc pas, chez nous, en sacs tout monnayé?

---

[1] Le premier qui trouva de l'or en Californie.

Croyez-moi! le fécond rendement aurifère,

Oui! ne se trouve pas enfoui sous la terre!

Il est dans le travail : il est dans les talents!

Mais pour le découvrir les moyens sont plus lents,

Il est vrai, mais certains! Il est dans le génie,

Qui trouve la fortune à la source bénie!

Il est dans les bienfaits que Dieu rend centuplés!

L'honneur et la vertu dans ce but accouplés!

Le bon vouloir du faible et qu'un puissant seconde!

Cette immuable loi qui doit régir le monde;

Doctrine que prêchait le divin Christ; enfin!

Dans l'éternel amour, de tout suprême fin!

E. BISSON.

Paris, 1856.

www.ingramcontent.com/pod-product-compliance
Lightning Source LLC
Chambersburg PA
CBHW061422170626
46811CB00005B/2089